世界经典童话小说书系

U0676255

愚蠢的家伙

著者 / 路易莎·梅·奥尔科特 等　编译 / 庞洪成 等

吉林出版集团股份有限公司 | 全国百佳图书出版单位

图书在版编目（CIP）数据

愚蠢的家伙／（美）路易莎·梅·奥尔科特等著；
庞洪成等编译. -- 长春：吉林出版集团股份有限公司，2016.12
　（世界经典童话小说书系）
　ISBN 978-7-5581-2140-1

　Ⅰ.①愚… Ⅱ.①路… ②庞… Ⅲ.①儿童故事 – 作
品集 – 世界 Ⅳ.①I18

　中国版本图书馆CIP数据核字（2017）第065093号

愚蠢的家伙

YUCHUN DE JIAHUO

著　　者　路易莎·梅·奥尔科特 等
编　　译　庞洪成 等
责任编辑　李　娇
封面设计　张　娜
开　　本　16
字　　数　50千字
印　　张　8
定　　价　29.80元
版　　次　2017年8月　第1版
印　　次　2020年10月　第4次印刷
印　　刷　三河市嵩川印刷有限公司
出　　版　吉林出版集团股份有限公司
发　　行　吉林出版集团股份有限公司
地　　址　长春市绿园区泰来街1825号
电　　话　总编办：0431-88029858
　　　　　发行部：0431-88029836
邮　　编　130011
书　　号　ISBN 978-7-5581-2140-1

前言

儿童自然单纯，本性无邪，爱默生说："儿童是永恒的弥赛亚，他降临到堕落的人间，就是为了引导人们返回天堂。"人们总是期待着保留这份童真，这份无邪本性。

每一个儿童都充满着求知的欲望，对于各种新奇的事物，都有着一种强烈的好奇心，这样在成长的过程中就不可避免地被好的或坏的事物所影响。教育的问题总是让每个父母伤透了脑筋，生怕孩子们早早地磨灭了童真，泯灭了感知美好事物的天性。童话很好地解决了这个问题，让儿童始终心存美好。

徜徉在童话的森林，沿着崎岖的小径一路向前，便会发现王子、公主、小裁缝、呆小子、灰姑娘就在我们身边，怪物、隐身帽、魔法鞋、沙精随时会让我们大吃一惊。展开想象的翅膀，心游万仞，永无岛上定然满是欢乐与自由，小家伙们随心所欲地演绎着自己的传奇。或有稚童捧着双颊，遥望星空，神游天外，幻想着未知的世界，编织着美丽的梦想。那双渴望的眸子，眨呀眨的，明亮异常，即使群星都暗淡了，它也仍会闪烁不停。

童心总是相通的，一篇童话，便会开启一扇心灵之窗，透过这扇窗，让稚童得以窥探森林深处的秘密。每一篇童话都会有意无意地激发稚童的想象力和感知力，让他们在那里深刻地体验潜藏其中的幸福感、喜悦感和安全感，并且让这种体验长久地驻留在孩子的内心，滋养孩子的心灵。愿这套《世界经典童话小说书系》对儿童健康成长能起到一点儿助益，这样也算是不违出版此书的初心了。

编者

2017 年 3 月 21 日

目录

MULU

聪明的法官

　　伊亚斯是一个聪明绝顶的法官，任何疑难问题，他都能解决。

　　伊亚斯和一家香水店的老板是朋友，他们经常坐在店铺门前聊天。

　　"我最喜欢和你聊天了，因为每次你都会送给我礼物。"伊亚斯开玩笑地说。

　　原来两个人非常喜欢打赌，而且每次都是伊亚斯赢。

　　一天，伊亚斯又来到香水店，与老板一边聊天，一边观察街上的行人。

“你见过那个人吗？”伊亚斯指着街上的一个陌生人问道。

“没有，我从没见过他。”老板摇了摇头。

“我也没见过。”伊亚斯说。

“那你问他干什么？”老板觉得奇怪。

“我虽然不认识他，却知道他是个外乡人，来自瓦斯特城，是一位老师，他的一个黑人学生不见了，所以出来寻找。不信，咱们就打个赌。”伊亚斯提议道。

“你又不认识他，怎么会知道这些。赌就赌，赌什么？”老板显然不相信他的话。

“就赌你店里最昂贵的香水，怎么样？”伊亚斯说道。

“好，我不信你知道这么多事儿！”老板想了想回答说。

“你可以去跟他验证一下。”伊亚斯笑着提议。

老板觉得不可思议，便将信将疑地走了过去。

“你好，请问你从哪里来？”老板彬彬有礼地问道。

"我来自瓦斯特城。"外乡人回答说。

"你是干什么的，来这儿做什么？"老板继续问道。

"我是个老师，有一个黑人学生跑丢了，我出来找他。"外乡人实话实说。

他的回答和伊亚斯说的一模一样，老板十分惊讶。

"你真是聪明绝顶，料事如神！可是，你是怎么知道的呢？"老板问伊亚斯。

"我注意到他东张西望、左顾右盼，就知道他是个外乡人。看他来的方向和鞋上的红土，就猜他一定是瓦斯特人，因为那里的土地大多是红色的。又见他对人谦和，于是就判断他是老师。看见他遇到每个黑人少年都仔细端详，所以猜测他是在寻找黑人学生。"伊亚斯讲了自己的道理。

老板对伊亚斯佩服得五体投地，拿出一瓶最昂贵的香水送给了他。

"你看，我就说和你聊天收获颇丰吧！"伊亚斯拿着香水笑着说。

一年冬天，天气特别寒冷。

一天，一名男子走进一家澡堂，想洗个热水澡，驱驱寒气。他穿着一件崭新的红色羊毛大衣。洗澡前，他把大衣脱下来放在接待厅，然后走进浴室。

过了一会儿，又来了个洗澡的人，也穿了件羊毛大衣，不过是绿色的，而且很旧。他也把大衣放在了接待厅。

两人同时洗完澡出来，都说那件红色大衣是自己的。两人振振有词、争论不休，于是找到澡堂老板评理。老板非常为难，不知如何是好，于是决定去找伊亚斯法官。

澡堂老板带着两个人，拿着大衣找到伊亚斯。

了解完情况后，伊亚斯看着两个人，陷入沉思。

"这件大衣到底是谁的？"伊亚斯问道。

"是我的，法官，我的大衣是红色的！"一个人说。

"你撒谎，大衣是我新做的。"另一个人急忙辩解道。

听着两人的争论，伊亚斯一时间也有些困惑了。

"去给我拿把梳子来。"伊亚斯沉思了一会儿，对手下人说。

"梳子和大衣有什么关系呢？"在场的所有人都感到莫名其妙，不知道伊亚斯葫芦里卖的什么药。

梳子很快拿来了，伊亚斯让人用梳子给一个男人梳头，然后拿起梳子细看，发现上面挂着一些绿色的绒毛。

"红大衣是你的，你可以拿走了！"伊亚斯对另一个男人说。

　　"走吧，拿着你的绿大衣去监狱穿吧！"伊亚斯又对刚梳过头的男人说。

　　澡堂老板看得目瞪口呆。

　　"您是怎么想到这个主意的？"老板缓过神儿来，急忙问道。

　　"大衣是用羊毛做的，而羊绒一定会挂在主人头发上，就这么简单。"伊亚斯解释说。

　　"原来是这样，这么简单的办法我怎么没想到？"老板恍然大悟，拍着脑门说。

　　"遇事不要回避，只要多动脑筋，办法总比困难多。"伊亚斯微笑着对大家说。

　　人们更加敬佩这位威严的法官了。

　　城中有一家饼店，老板用奶油、油脂和面，再掺入糖和碎杏仁，放在火上烘烤，一张香喷喷的饼就出来了。

　　因为他做的饼非常好吃，人们便记住了他的名字——艾布·弗塔伊尔。

饼店旁边是一家布店，老板叫艾布·拜扎兹。

他们的生意都很好，每天十分忙碌。

一天，市场上挤满了人，有一个人从他们店前经过，发现地上有个布袋，便捡了起来。打开一看，里面全是钱币，再仔细一看，发现布袋上写着"艾布"两个字。

捡到钱袋的人想按上面的名字把钱还给失主。

一打听，原来两家店铺的老板都叫"艾布"，这可怎么办呢？

"是我丢了钱袋。"卖饼的艾布·弗塔伊尔说。

"你撒谎，这个钱袋是我的。"卖布的艾布·拜扎兹说。

两个人争论不休，围观的人越来越多，但谁也无法判断失主究竟是谁。

"还是去找伊亚斯法官吧，只有他才能弄清楚。"人群中有人提议道。

于是，捡钱袋的人带着两个"艾布"，来到法官伊亚斯面前。

伊亚斯了解情况后，觉得这件事儿很难判断。

"你是谁?"沉默了一会儿，伊亚斯转头问其中的一个人。

"法官先生，我是捡到钱袋的人。"捡钱袋的人说道。

"你是谁?"伊亚斯问第二个人。

"我是卖布的艾布·拜扎兹，是我丢的钱袋。"第二个人回答说。

"你呢?"伊亚斯问第三个人。

"我是艾布·弗塔伊尔。我每天卖饼，忙得不可开交，钱袋是我不小心丢的，是我卖饼的钱!"第三个人回答说。

伊亚斯问完，让人端来一盆热水。

只见伊亚斯把钱袋放进水里，所有人都静静地看着，一会儿工夫，水面上浮起了一层油花，大家似乎明白了。

"钱袋是你的，拿走吧!"伊亚斯对艾布·弗塔伊尔说道。

原来，卖饼的人手上沾满了油渍，而卖布的人手很干净，所以用热水浸泡钱袋，就很容易判断出钱袋的真正主人。

"走吧，跟我去警察局！"伊亚斯对卖布的艾布·拜扎兹

说道。

最后，那个卖布的人受到了应有的惩罚。

四　兄　弟

从前有一个妇女，她有四个强壮的儿子：安托托、沃吉沃吉、瓦塔瓦塔和尼扬萨。

四兄弟还没有长大时，母亲就死了，把他们留给了祖母。

祖母是个丑陋狠毒的老太婆，对他们非常不好。

可怜的四兄弟天天哭泣，思念母亲。

他们怀念亲爱的母亲，天真地希望母亲某一天会忽然出现在眼前。

时间过得真快，一晃儿，四兄弟长大了，便学着大人的模样在田里种庄稼。

他们种了很多甜瓜，甜瓜长得很快，飘散的瓜香味很诱人。

收获季节到了，老太婆却心生歹意，想害死孙子们，便在甜瓜地边的灌木丛边放了一些毒蛇，希望孙子们摘瓜时被毒蛇咬死。

但是，最小的尼扬萨非常聪明，因为他出生时，身上带了一块辟邪物，一有危险，辟邪物便会事先告诉他，并帮助他躲避危险。

这天，当兄弟们摘甜瓜时，辟邪物告诉尼扬萨地里有毒蛇。

尼扬萨告诉他的三个哥哥，于是他们一起把毒蛇打死了。

老太婆的阴谋没有得逞，又另想法子，但无论她想出什么阴谋，辟邪物总是会事先告诉尼扬萨。

最后，老太婆来到城里，找到了国王。

"我有四个孙子，都是些大逆不道的人，对你的威胁很大。我想明天把他们带到你这里来，请你下令砍掉他们的脑袋。如果他们活着，将带来巨大的灾难。不过他们非常狡猾，不采取严厉手段是不行的。"老太婆撒谎道。

国王心想，哪有祖母不爱自己孙子的，一定是她的孙子有恶行。

"好吧，我会对付他们的，明天就叫人把他们抓来。"国王答应道。

国王下令铺一条路，路上撒满瓦片、骨头和铁屑，打算叫四兄弟从这条路上赤脚走来。

路边还埋伏一些士兵，待四兄弟受伤跌倒了，便出来把他们杀死，但尼扬萨很快就知道了这个诡计。

当国王下令让四兄弟沿着新铺的路赤脚走来时，兄弟们按照尼扬萨事先叮嘱的方法，毫发无伤地来到了国王面前。

国王非常惊讶，暗想这四兄弟果真是不好对付，他们身上似乎有着神奇的力量。

国王灵机一动，想好了对策。

"你们都是勇敢的人，我很喜欢。我要请你帮忙到魔王那去，把他象征权力和财富的棕榈枝拿来，能办到吗？"国王对最聪明的尼扬萨说。

"请您放心，明天我就会把棕榈枝拿到您面前。"尼扬萨自信地回答说。

四兄弟离开王宫，回到了家。

"你们在家等我，如果出了什么事儿，我会来救你们的。"尼扬萨对三个哥哥说。

"你一走，你的兄弟就会被人杀死，埋掉，不过没关系，到时我会告诉你怎么救活他们。你从魔王那里回来时，国王也会毒死你，那时我仍会帮助你。我的救助方式很特别，关键时刻你拍我一下即可。"辟邪物神秘地说。

尼扬萨心领神会，立即拍了一下辟邪物，面前立刻出现一条大狗。

"等你回家时，就说肚子饿了，要先吃饭。你一揭开锅的盖子，这条狗便会立即叼起那块有毒的肉，跑到你兄弟的坟地。你跟着它去，到了坟地你拍我三下，你的三个兄弟便会走出来。"辟邪物再三嘱咐道。

尼扬萨信心十足地上路了。

"你到哪儿去？"路上，一个铁匠问尼扬萨。

"我去找魔王，给国王拿棕榈枝。"尼扬萨说。

"我还没见谁从那儿活着回来！"铁匠轻蔑地说。

尼扬萨笑了笑，继续赶路，又碰见一个农夫。

"你到哪里去啊?"农夫问道。

"去找魔王拿棕榈枝。"尼扬萨坦然地说。

"你真是个勇敢的英雄!"农夫敬佩地说。

尼扬萨无所畏惧地往前走，看见一个小伙子在耕地。

"好汉，你这急急忙忙地要往哪儿去啊?"小伙子问道。

"我要去找魔王，给我们的国王去拿棕榈枝。"尼扬萨回答说。

"你大概没听过魔王的厉害吧，没人能从他那儿活着回来。"小伙子十分惊讶。

尼扬萨没有理会，继续往前走，又碰到了一个猎人。

"英雄，你的样子说明你要走很远的路，去干不平凡的事儿。你忙着去哪儿啊?"猎人关心地问道。

"我去找魔王，给国王拿棕榈枝。"尼扬萨坚定地回答说。

"你就别自讨苦吃了，回去再在这世上多活几天吧！"猎人劝说道。

"等着吧，明天我就会把棕榈枝拿给你看，魔王的末日到了。"尼扬萨信心十足。

尼扬萨继续往前走，终于到了棕榈树旁。

棕榈树长在一个很高的悬崖边上，悬崖下是深渊，据说每个到这里来取棕榈枝的人都被魔王扔下了深渊。

"走近一点儿，让我看看又来了一个什么样的送死的家伙！"这时，魔王看见了尼扬萨，狂妄地说。

"如果你把眼睛睁得大一点儿，就不会这样狂妄自大。今天，我要让你在自己的坟墓上号叫！"尼扬萨回答说。

"假如我走到你跟前去，你不会跑掉吧？"魔王问道。

"你尽管过来吧！"尼扬萨毫不示弱。

魔王咆哮着向尼扬萨扑来，恨不得一下子把他撕个粉碎。

尼扬萨往旁边一闪，魔王扑了个空。接着，尼扬萨纵身飞到棕榈树上。

魔王更加恼怒，便站到深渊的边儿上，只要尼扬萨一下来，就准备把他扔到深渊里去。

"喂，魔王，我要下来了！"尼扬萨对魔王喊道。

魔王从没遇到过如此厉害的对手，恨得咬牙切齿。

尼扬萨暗暗一笑，装作要往下跳的样子，却把一根棕榈枝向魔王扔了过去。

魔王以为是尼扬萨跳过来了，急忙上前抓住，一看才知道上了当。

他还没有来得及站好，尼扬萨便挥刀劈来，砍死了魔王。

只见魔王摇晃了几下，带着愤怒，跌进深渊里去了。

"拍我三下，除了魔王以外所有掉进深渊里的人都会活过来！"这时，辟邪物对尼扬萨说。

按照辟邪物的话，尼扬萨拍了它三下，嘴中还念念有词。

刹那间，数不清的人都活了过来，有国王、酋长、贵族和武士。

他们非常惊讶，十分感谢恩人尼扬萨，并且要马上在这里建一座城堡，推选尼扬萨做国王。

尼扬萨看着这些人，微微一笑。

"我不想当国王，我希望你们都能回到自己的国家去，回到亲人的身边。"尼扬萨说。

大家非常高兴，可是许多掉进深渊很久的人，已记不清自己是怎么来的了，也记不得还有什么亲人活在世上，于是就在这里建立了村庄，开始了新的生活。

尼扬萨拾起棕榈枝与大家告别，踏上了归途，准备去见国王。

在路上，他又遇见了铁匠、农夫、小伙子和猎人，并向他们示以胜利的微笑。

大家只听说过魔王的棕榈树，可谁也没有亲眼见过。

棕榈枝十分珍贵，许多国王想得到它，但都没有如愿。

如今，见尼扬萨安全顺利地归来，大家都瞪大了眼睛，认为他是个了不起的男子汉。

当尼扬萨精神抖擞地带着棕榈枝来到国王面前时，国王非常高兴。

尼扬萨打听三个哥哥的下落，可谁也不知道他们在哪里。

他飞快地跑回家，没想到马上有人给他端来了洗手的水。

尼扬萨说自己很饿，要先吃饭。

他刚揭开锅的盖子，狗就冲上来，叼起一块肉跑了，尼扬萨立刻跟在后面，来到了一处坟地。

他想起辟邪物的叮嘱，拍了三下辟邪物。

"安托托，沃吉沃吉，瓦塔瓦塔，我回来了，快出来吧！"尼扬萨喊道。

话音刚落，尼扬萨的三个哥哥就立即站在了他面前。

四兄弟手舞足蹈，高兴地拥抱在一起。

这时，辟邪物又告诉他们采一种草，拌到食物里，这样做了以后，吃任何有毒的食物都会安然无恙。

听说尼扬萨的三个哥哥死而复生，国王非常惊讶：这些人已经死了，也埋掉了，却又活了过来！他们吃了放着剧毒的饭菜，竟然毫发无损！

"留下这些人是祸害呀，怎么办呢？"国王开始担心起来，越想越怕。

国王睡不好觉，就叫来了尼扬萨。

"亲爱的尼扬萨，我很佩服你，你的确非常聪明，把你的智慧分给我一点儿吧。说老实话，我做这些事儿就是为了害死你，你的兄弟也是我下令杀死的。现在我向你道歉，请你原谅我的过错吧。"国王假装诚恳地说。

"别担心，我会让您聪明起来的。"尼扬萨笑着说。

夜里，各部落首领来到国王跟前。

"天亮以前，我们应该干掉这四兄弟，免得夜长梦多。"大家向国王禀报。

残暴的国王露出了本性，眼珠一转，完全忘记了刚刚和尼扬萨说过的话，挑了十五个人，命令他们包围四兄弟的房子，放火烧死他们。

出乎意料的是，辟邪物把兄弟们变成了烟，所以谁也没有看见他们跑出来，都以为这回他们一定被大火烧死了。

第二天早晨，四兄弟完好地来到国王跟前，惊得国王差点趴在地上。

"那些当面说'是'，背面说'不'的人算不算是伪君子？难道这就是你的智慧？"尼扬萨问道。

国王十分清楚尼扬萨话里的意思，心中非常害怕。

"马上把尼扬萨抓起来，关进监狱里。"国王恼羞成怒。

国王强迫尼扬萨交出自己的智慧，否则就要处死他。

"我不怕死，但请允许我临死前为你做点儿好事儿，使你变得更聪明。你先放开我，然后下令，今晚谁也不准走进你的房间，等我做完好事儿，再把智慧交给你。"尼扬萨临危不惧。

国王不知是计，马上叫手下执行这个命令。

天黑时，尼扬萨叫兄弟们躲到附近的铁铺。八点左右，尼扬萨带着国王悄悄来到铁铺。

尼扬萨生起炉子，叫国王系上围裙，把炉火扇旺。

炉火扇旺了，尼扬萨放进一把锤子，把锤子烧得通红。

"现在我开始对你施行魔法，让你变得无比聪明，不论是毒药、毒蛇、猛兽、枪炮、弓箭，都不能伤害你。快躺到铁砧上，不要害怕，我给你眼睛里、鼻子里吹一些神药。"尼扬萨对国王说。

国王躺到铁砧上，脑袋晃个不停，期待马上变成智慧超人。

尼扬萨先往他眼睛和鼻子里吹了些粉末，然后叫兄弟几个拿起烧得通红的铁锤，把国王打死了。

做完这些之后，兄弟们连夜逃跑了。

就在这时，他们来到了一条河边。

"你们先游过去等我。我不会游泳，我将变成一块大石头，如果国王的手下看见我，就会拾起石头向你们掷去，那样我到了你们旁边就又会变成人，然后我们一起回家。"尼扬萨对三个哥哥说。

"就按尼扬萨说的做吧。"说着，三个哥哥先游过了河。

而尼扬萨则变成了一块石头，躺在岸边。

天亮了，人们到处找国王，却怎么也找不到，直到铁匠走进铁铺，才发现了国王。

铁匠吓得浑身颤抖，把一切告诉了国王的士兵。

国王的士兵愤怒了，马上去追赶四兄弟。

士兵们沿着尼扬萨和他兄弟们的足迹，很快就看见安托托、沃吉沃吉和瓦塔瓦塔站在河对岸。

河里的水流湍急，士兵们不知道怎样才能过去。

这时，一个力气最大的士兵捡起石头，用尽全力掷向对岸。

石头刚一落地，立刻变成了尼扬萨。

士兵马上下水去抓四兄弟，可刚一走进水里，就都被急流卷走了。

四兄弟继续朝家的方向赶路，他们走累了，看见了烟，就叫安托托去讨火准备烧饭。

当他走到那里时，才知道这是豹子的家，豹子和老婆还有四个孩子住在这里。豹子看见了安托托，把他抓住绑在了一段原木上。

"老婆，今天我有人心吃了。孩子们也可以吃到人肉

了，它们还从没尝过呢!"豹子喜出望外。

三兄弟等啊等，却不见安托托回来。

沃吉沃吉决定去看看出了什么事儿，没想到他刚走到豹子家，就被抓住了，也被绑在同一根原木上。

过了一些时候，瓦塔瓦塔又来找他们，同样落到了豹子手里。

后来，战无不胜的尼扬萨去找三个哥哥，豹子看见了他，便做出威胁的姿势。

"快把我的哥哥们放了，不然，你会死得很惨。"尼扬萨恐吓道。

"叫你看看我的本事。"豹子大笑着。

豹子跳过去抓他，但尼扬萨闪过，接着伸出手在它两耳间狠狠地打了一下。

豹子忍着剧痛，连忙带着老婆和孩子们苦苦哀求。

"你被认为是世上力气最大的野兽，但你攻击的往往只是妇女，所以才显得很有力气。"尼扬萨说。

他把辟邪物向地上敲了三下，立刻出现一种植物。

"我把这株植物栽到地里，如果你能把它拔出来，我就承认你是男子汉。如果你拔不出来，那你就什么都不是。"尼扬萨对豹子说。

"我只要用一根小指头就能把它拔出来。"见那株植物很小，豹子轻松地说。

可当它拔植物时，无论怎样努力都是白费劲儿。

尼扬萨把三个哥哥解开，又一起继续赶路。

一路上天气炎热，没有水，没有食物，也没有地方可以休息，周围是望不到边的沙漠，看不到一个人影。

"我们赶上了暑热天气，怕是走不到头了，没有人知道我们在这里。辟邪物也帮不了我们，就让我们变成钵子、勺子、盐和辣椒吧！将来总会有人能找到我们，把我们带走。"尼扬萨说。

但是，当时人们还不知道这四样东西。

不知过了多久，当人们经过这里时，看见了钵子、勺子、盐和辣椒，感到非常奇怪，便拾起它们，带给了当地的国王。

一个聪明人告诉国王，把盐和辣椒放在钵子里捣碎，拿勺子把它和食物拌在一起吃。

从那时起，四兄弟就再也没有分开过。

愚蠢的家伙

有一只精明的蜘蛛，做事情总想占便宜，不想吃一点儿亏。

一天，它想挖个陷阱捉野兽，但又怕累，于是想找个伙伴替它出力。

"我应该找谁来帮忙呢？不能找太聪明的，否则等捕到了猎物，还得和它分享。对，我得找一个能任我摆布的傻瓜，这样我就可以独享猎物了。"蜘蛛暗自打定主意。

蜘蛛遇到了一只野猫。

"你好啊，朋友，问你个事儿，你会挖陷阱吗？"它问野猫。

"挖陷阱？我不会。"野猫眨了眨眼睛，摇了摇头，回答道。

蜘蛛看了看野猫，觉得它憨头憨脑的，一看就像个傻瓜。

"我知道一个大草堆，每天都有很多野兽从那儿经过。不如咱俩合作，去那儿挖个陷阱，捉些野兽，怎么样？你不会挖也不要紧，我可以教你。"蜘蛛假装诚恳地对野猫说。

野猫觉得这个主意不错，于是就一口答应了。

蜘蛛领着野猫来到草堆前，开始挖陷阱。当然，重活都是野猫干的，蜘蛛只是在一旁指手画脚。

陷阱挖好后，它们各自回家，等着猎物自己掉进去。

到了晚上，它们来到陷阱旁，发现一只小羚羊被困在陷阱里。

"蜘蛛大哥，你把这只小羚羊带走吧。我估计明天能捉到一只大羚羊，到时候，它就归我了。我要用大羚羊的皮做帽子，别人看见了，会称我为捉羚羊的猎手，而你只能被称为捉小羚羊的猎手。"野猫憨憨地笑着说。

听了野猫的话，蜘蛛气坏了。

"你快把小羚羊带走吧，明天的大羚羊得归我。我才不要做什么捉小羚羊的猎手。"它冲着野猫大喊道。

"好吧，那我就吃点儿亏吧。"野猫略显不满地说，然后背上小羚羊，噘着嘴回家去了。

第二天，它们又来到陷阱旁，往里一看，里面果然困住了一只大羚羊。

"蜘蛛大哥，这只大羚羊归你了。怎么样，不错吧。等到了明天，我们也许会逮到一头大野猪，到时候，大野猪可得归我。别人看见了，会称我为捉野猪的猎手。还有，野猪肉多香啊。"野猫边说边咽了一下口水。

"行了行了，这只大羚羊也归你了，但是明天的野猪得归我。我才是捉野猪的猎手。"蜘蛛一听，赶紧说道。

"好吧，就这么办吧。"野猫露出很无奈的表情，把大羚羊运回了家。

第三天，它们在陷阱里发现了一头野猪。

"蜘蛛大哥，野猪是你的了，快把它运回家去吧。我就等着收明天的猎物了，估计陷阱里能掉进去一头大水牛。等我用牛皮缝顶帽子，再缝一件大衣，别人看见了，就会说我是专门对付水牛的英雄了。"野猫认真地说。

"你把野猪拿去吧，我想要水牛。"蜘蛛犹豫了半天，最后下了决心。

"那好吧，你是大哥，就听你的吧。"野猫费了很大的力气才把野猪运走了。

第四天，陷阱里还真掉进去了一头水牛，蜘蛛看了，高兴极了。

"好大一头水牛啊，蜘蛛大哥，你真走运，快把它运走吧，它是你的了。但咱俩得说清楚，估计明天能逮到一头大象，那可就归我了，我将成为猎人之王。"野猫自顾自地说道。

听野猫这么一说，蜘蛛犹豫起来。

"凭什么你将成为猎人之王？你快把水牛弄走，明天的大象得归我。"蜘蛛想了好半天，然后说道。

"你太欺负人了。"野猫虽然嘴上这么说着，但是动作却非常迅速，很快就把水牛运走了。

第五天，它们又来到陷阱边上，没想到真的有一头大象掉进了陷阱。

"这回你满意了吧，带上你的大象，快走吧。明天我们再来，里面的东西可得归我了。我猜，明天陷阱里不会有动物，而会长满神奇的草。谁拥有了这种草，它就会获得权力、荣誉和财富。"野猫信誓旦旦地说。

"它说的话都应验了，估计这回也错不了。所有的这些猎物，合起来也比不上神奇的草啊。"蜘蛛在心里合计着。

"我不要大象了，我要草。你把大象运走吧，明天我来拿草。"蜘蛛对野猫说道。

"好吧，我尊重你的意见。"野猫叹了口气，说完就走了。

漫长的一夜总算过去了，太阳刚刚升起来，蜘蛛就来到野猫家里，想叫它一起去看陷阱。

野猫用被裹着头，不肯起床。

"我昨天受了风寒，起不来了，就不和你一起去了。"野猫哼哼唧唧地说道。

蜘蛛撇下野猫，自己来到陷阱旁，里里外外都找遍

了，也没有找到什么神奇的草。陷阱附近的草怎么看都普普通通的。蜘蛛终于明白了，原来是自己上了野猫的当。

蜘蛛非常生气，一溜烟地去找野猫算账。

蜘蛛怒气冲冲地来到野猫家，连野猫的影子都没有看见。原来趁蜘蛛去找神奇的草时，野猫早就躲起来了。

其实，野猫憨憨厚厚的模样都是装出来的。它早就看穿了蜘蛛的小伎俩，于是将计就计，把愚蠢的蜘蛛戏弄了一番。

从此以后，蜘蛛再也不耍小聪明了。

女孩儿与怪物

　　从前，有一户贫苦人家，父亲多病，这个家全由女儿法帖梅支撑着。

　　法帖梅是个懂事的孩子，每天做好几份工作，用辛勤的劳动养活父母。

　　没活儿的时候，她就去山上砍柴，带到镇子里去卖，有时也会去沙漠里采摘新鲜的野果，去集市上换一些日常用品。

　　一天，镇子里没活儿了，法帖梅独自来到山上砍柴，不知不觉中，天黑了，她把砍好的柴捆好，正想回家，突然发现迷路了。

法帖梅害怕极了，裹紧衣服，把柴火盖在身上，闭着眼睛，希望能够赶紧睡着，好让这可怕的黑夜早点儿过去，等到天亮就能找到回家的路了。为了让自己远离一些可怕的念头，她不断地扭动身体，希望可以尽快摆脱恐惧。

可是坏想法一个一个地蹦出来，就像长了很多小手，将法帖梅拖向地狱。

半夜，法帖梅依然没有一点儿睡意。突然，她听到一些嘈杂的声音，心立刻提到了嗓子眼，知道危险降临了。

法帖梅多么希望听错了，但是理智告诉她，这是事实。声音越来越近，脚下的地都开始颤抖了，她感觉到一个庞然大物已经来到自己面前。

法帖梅躲在柴火下不敢喘气，希望这个怪物没有发现自己，这样就可以平安度过这个可怕的夜晚，回到家里继续和父母过着平淡的生活。

可是，怪物不仅站到了法帖梅的面前，而且身后还跟着一群嘈杂的野兽。法帖梅已经危机四伏了，陷入了更深的恐惧里。

"你是谁?"怪物已经感觉到了法帖梅的存在，站在她的身边怒吼着。

"我叫法帖梅。"法帖梅战战兢兢地回答。

"你知道我是谁吗?"怪物问。

"你是大山的主人，也是百兽之王，拥有无数财富。"

机智的法帖梅连忙恭维地回答。

"你觉得我美吗?"怪物盯着她。

"你比星光灿烂一百倍,比月亮耀眼一千倍,你的美没有谁能够比得上。"法帖梅回答。

"你觉得我的随从们怎么样?"怪物问。

"它们勇敢强悍!"法帖梅很冷静。

怪物又问法帖梅的家在哪里,家里都有什么人。法帖梅一一做了回答。

怪物知道她是一个孝顺的孩子,没有吃她,并送给她无数金银财宝,带她来到离家最近的出口,让她回家继续孝敬父母。

法帖梅的父母因为女儿深夜未归焦急万分,忽然听见法帖梅敲门的声音,心里十分高兴。

"孩子,你去哪儿了,我和你母亲担心死了!"父亲急忙拉她进屋。

"回来就好,回来就好!"母亲擦着眼泪。

法帖梅进屋后，顾不上和父母说话，急忙打开袋子，把里面的金银财宝倒在父母手上。

父母从没见过这么多的宝贝，一下子惊呆了。法帖梅把迷路遇见怪物的事和他们讲了一遍。

父母在惊讶的同时，给她讲了关于这个怪物的故事。父亲说这个怪物专门在大山里寻找迷路的人，然后出一些问题让他回答，如果答对了，就会幸免于难，并且得到很多金银财宝，如果答错了，就会被吃掉！

"你的答案完全正确，所以就成了幸运的人！"父亲很开心。

从此，法帖梅家的经济状况得到了改善。由于他们乐善好施，地位越来越高，引来不少妒忌和猜测。有一户人家，原本比法帖梅家富裕很多，可是自从法帖梅家一跃成为首富，就十分妒忌他们。

以前两家根本不来往，因为他们瞧不起贫穷的家庭，怕沾上晦气。眼看着法帖梅家暴富，却不知道发财的原因，他们一家心里十分焦急，甚至主动接近法帖梅。他们家有一个和法帖梅一样大的女儿，不仅丑陋，而且特别孤傲。

女孩儿总是千方百计地询问法帖梅财富的来源。对于每一次询问，法帖梅都没回答，因为她知道，如果女孩回答错了怪物的问题，就会被吃掉。可是，女孩儿又花费心思想出了一个办法。她做了一桌饭菜，请法帖梅吃，暗中在里面下了迷药。不知情的法帖梅吃完后感觉头特别晕。趁着法帖梅神志不清，女孩儿又开始询问她财富的由来。迷迷糊糊的法帖梅把自己在大山里遇见怪物的事情告诉了她。

可是，在神志不清的情况下，法帖梅并没有把怪物问她的问题的答案告诉女孩儿。

女孩儿把这些相反的答案牢牢记在心里。一天傍晚，她带了一个袋子，背着家人偷偷走出家门，朝法帖梅说的大山走去。

女孩儿坐在大山里，把柴火盖在身上，期盼着怪物的到来，认为回答完怪物的提问就能和法帖梅一样得到大笔财富。

时间在她美丽的幻想中很快就过去了，直到天亮也没有看到怪物。女孩儿不顾疲劳，在天亮的时候继续往大山深处走去。

第二天深夜，女孩儿听见了怪物发出的巨大声响。此时，她非常害怕，后悔不应该来到这里。

"你知道我是谁吗？"怪物来到她面前。

"你是一个凶狠残暴的野兽。"女孩儿回答。

"你觉得我的随从们如何？"怪物有点儿不开心了。

"你的随从是一群胆小鬼。"女孩儿并不知道她回答的每一个问题都是极其危险的。

女孩儿的话激怒了怪物，身后的野兽也跟着咆哮。终于，怪物忍耐不住心里的怒火，命令所有野兽攻击她。

"为什么法帖梅回答完你的问题会得到金银财宝？"女孩儿不甘心。

"法帖梅是一个善良的姑娘，而你用邪恶的手段欺骗了她，这是你应该接受的惩罚！"怪物哈哈大笑。

一声令下，女孩儿被一拥而上的野兽撕得粉碎。

女孩儿到死也不知道她所回答的那些问题的答案都是相反的，也不知道自己是死在了贪欲和妒忌上。

女孩儿无缘无故失踪了，她的父母和亲人找寻了每一个角落，没有发现一点儿踪迹。

因为女儿失踪了，他们又着急又上火。父亲失明了，母亲一病不起瘫痪在床。

法帖梅了解到女孩儿的父母因为失去女儿变得落魄可

怜,没有计较他们家以前对自己的刻薄,开始照料女孩儿的父母。

村民纷纷竖起大拇指,夸赞法帖梅。原本女孩儿的家庭不错,金钱和地位都不缺,可就是因为贪欲和妒忌,促使她丢掉了自己的性命。

随着时间的慢慢流逝,人们渐渐忘记了"失踪"的女孩儿。法帖梅尽心尽力地照顾四个老人,直到他们去世。她的故事也流传至今,深刻地教育了那些有贪欲的人。

花朵的故事

（一）紫罗兰精灵

夏日的清晨，和煦的阳光透过云朵洒向草地，美丽的蝴蝶在花丛中翩翩起舞，精灵王国的三个小精灵正坐在花瓣上吃早餐。

"紫罗兰，看你一直闷闷不乐，能告诉我出什么事了吗？"樱草花精灵问。

"秋天要到了，冰霜国王又要用黑暗摧毁世界上的花儿了，善良的精灵女王尝试了许多办法都保护不了她们，而我们也无能为力。今晚，精灵女王还要召集大家商量这件事。"紫罗兰精灵忧郁地说。

"既然帮不上忙，悲伤也没用啊！我去准备一下，参加晚上的聚会。"樱草花精灵说完就飞走了。

没过多久，雏菊花精灵也飞走了，只留下紫罗兰精灵呆坐在花瓣上。

夜幕降临了，精灵女王忧心忡忡地坐在青苔宝座上。

"亲爱的孩子们，想一想，没有了花朵大地会怎么样？冰霜国王的心就像他冰冻的国土一样坚硬，我们该怎么办？"她站起身说道。

会场顿时响起了一片议论之声，但是大家还是没有想出好办法。忽然，一阵轻柔的音乐从空中飘来，会场顿时安静下来，原来是紫罗兰精灵飞来了。

"女王，此前我们屈服于冰霜国王的威力，不停地献礼，却没有勇敢地指出他的行为是多么残酷，没有用热情之火去温暖他冰冷的心，没有耐心地告诉他爱的力量。请您允许我去试试，我要让他死气沉沉的王国阳光普照、鲜花绽放，不达目的，绝不回来！"紫罗兰精灵请求道。

大家被紫罗兰精灵的勇气和睿智所打动，决定让她去试一试，并一起为她送行和祝福。紫罗兰精灵飞呀飞，越过山丘和溪谷，穿过江河和森林，终于来到了冰霜国王。灰白色坚硬的冰柱支撑着高大的弓形屋顶，冰雪覆盖，寒风呼啸，一片凋零景象。紫罗兰精灵被冻得瑟瑟发抖，在回答了卫兵的盘问后，走进死气沉沉的宫殿。

当她从容地穿过大厅时，墙壁忽然被金色的光芒照亮了，枯萎的花朵竞相绽放，散发出阵阵清香。国王和士兵们都惊呆了。

"请您不要赶我走，我带来的光与热，可以让您的王国变得欢乐起来。愿阳光和仁慈降临到您的心中！"紫罗兰精灵将花环放到国王脚前。

国王看着这个可爱的小精灵，冷峻的面孔稍稍有了一丝微笑。

"回去告诉精灵女王，我已经决定让这些没有思想，只会招摇的花朵死去，别再浪费时间了！"国王将黑色的斗篷往胸前拉了拉，冷冰冰地说。

紫罗兰精灵拖着沉重的脚步走出宫殿。

她没有回去，而是在冰天雪地中穿行。金色的光辉仍跟随着她，无论她走到哪里，都有花朵和绿叶吐露生机。

几个冰霜幽灵把她带到一个低矮昏暗的小屋里，说由于她违抗了命令，国王很生气。

紫罗兰精灵忧伤地坐在地上，想起幸福的家乡，不由得哭了起来。

过了一会儿，紫罗兰精灵似乎听到那些奄奄一息的花朵在请求她帮助，便停止了哭泣。

突然，她发现屋顶上悬着几只蜘蛛，马上有了主意。她请求蜘蛛为冰霜国王编织一件斗篷，并在里面织上一些金线。这样，当斗篷披在国王身上时，光明的念头就会植入他的心里。

紫罗兰精灵欢快地唱起歌来，蜘蛛们不停地纺着，整个屋子都笼罩在金色的光辉之中。

光辉慢慢溢出房间，蔓延到花园上空，干枯的树木顿时吐出了嫩绿色的叶芽，花朵们也都重新绽放。看到这一切，国王感到非常吃惊，马上来到囚禁紫罗兰精灵的房间。看见国王，紫罗兰精灵立刻把织好的斗篷献给他。

国王轻蔑地把斗篷丢在一旁，命令幽灵们将她带到一个更加寒冷的地下室去。

在黑暗的地下室里，紫罗兰精灵继续唱着欢快的歌，金色的光辉变得越来越明亮。

一天，从石墙的裂缝里钻出了许多小鼹鼠。

"我们一直生活在这个又冷又闷的地方，没有一粒种子或绿叶给我们填饱肚子。好心的小精灵，就让我们做你的仆人吧，只要你从每天得到的面包里分给我们一点点碎屑，我们就会尽一切力量帮助你。"小鼹鼠对紫罗兰精灵说。

紫罗兰精灵答应了他们的请求。

从此，鼹鼠们便开始卖力地挖掘隧道。紫罗兰精灵带去的光辉，使枯萎的花根恢复了生机，在泥土里伸展开来，将新鲜的汁液输送给地面上的花朵。花朵们又摇曳着盛开了！这一次，甚至连冰霜幽灵也无法再伤害她们，因为他们一靠近金色的光芒，就立刻失去了邪恶的魔力。

花朵们向在黑暗城堡里的国王频频点头，用斑斓的色彩告诉他，善良的紫罗兰精灵是如何在寒冷黑暗的地下室里坚

持不懈地工作，使花朵们重获生机。

国王转身回到自己的宫殿，顿时感到阴冷灰暗，不由得披上紫罗兰精灵献给他的斗篷。

这时，几个幽灵慌张地跑进来，禀告国王说关押紫罗兰精灵的地下室完全变了样子。

国王赶到那里，发现挂着花蕾的藤蔓爬上了墙壁和房顶，空气中散发着甜蜜的气息。

在清澈的光线中，紫罗兰精灵一边唱歌，一边把面包屑分发给快活的小鼹鼠们。

国王似乎听到心里有个声音在劝说，让他同意紫罗兰精灵的请求。

"小精灵，我决定不伤害你故乡的那些花朵了，快回去吧！其他的花你就不要管了，交给我处理。"国王做出了让步。

"可是，每一朵花都跳动着一颗小小的心脏，我怎么能只救出自己王国的花朵，而不管他们呢？"紫罗兰精灵忧伤地说。

"那么你听好，如果你在一周之内能建成一座比我现在的住所更加宏伟的宫殿，我就同意你的请求。否则，就不要怪我无情了。"国王的脸色又沉下来。

紫罗兰精灵心情沉重地回到花园，觉得精疲力竭。

可是看到花朵们感激地合拢着花瓣为她祈祷时，她顿时又恢复了勇气和力量。

一片厚厚的迷雾忽然升起，将紫罗兰精灵和外界隔离开来。

就这样，她孤独却又满怀信心地开始了辛苦的劳作。

一天天过去了，迷雾中不时传来声音，还可以看到一些晃动的影子，但欢快的歌声再也听不见了，金色的光辉也消失了。花朵们都垂着头，黑暗和寒冷又笼罩了整个冰霜王国。

国王似乎开始想念温暖的光辉、快乐的花朵和美妙的歌声。

每天，他都在死气沉沉的宫殿里走来走去，想弄清楚自己从前为什么会习惯于这种没有光明、没有热情的生活。

而此时，整个精灵王国正在为紫罗兰精灵哭泣，以为她一定回不来了。

直到有一天，来了一个穿黑色斗篷的陌生人。小精灵们拿出新鲜的露水和红彤彤的水果款待她。原来，她是冰霜国王派来的使者，想邀请精灵女王和她所有的臣民一起去冰霜王国，参观紫罗兰精灵建造的宫殿。

最后的时刻终于到了。冰霜国王坐在荒凉的花园里，面对着那堵雾墙。墙后不时传来阵阵轻柔的歌声。

不久，从空中飞来一群身着彩装的小精灵。精灵女王穿着饰有百合花的长袍，戴着闪光的王冠，飞在最前面。一队小精灵身着盛装，用喇叭花演奏着美妙的音乐，其他小精灵也微笑着在精灵女王的周围飞舞。

无数熠熠发光的翅膀和色彩斑斓的衣裳，在天空中不停地闪烁。

小精灵们的到来立刻让光秃秃的树木生出了绿叶。

国王注视着这些可爱的小精灵，就像看着自己的孩子，再也不奇怪精灵女王和紫罗兰精灵为什么会那样热爱鲜花了。

一阵清风吹过，迷雾散开，在冰霜国王和小精灵们面前，现出了一幅奇异的景象。

在目光所及的最高处，高大的绿树垂下枝条，形成一个优美的拱门，金色阳光透过拱门，在绿色的草地上投下光辉，奇丽的花朵们在清风中摇曳。嫩叶将大树装点成一根根翠绿色的擎天巨柱。

股股清泉喷涌出晶莹的水柱，一群群银翅小鸟在花间飞舞，目光温柔的鸽子在树丛中飞来飞去，雪白的云朵挂在晴空中。

紫罗兰精灵从长长的走廊里轻快地跑出来，花朵和绿叶在她经过的地方发出沙沙的响声。

紫罗兰精灵行走于光辉之中，似乎任何力量都不能伤害

她。

国王看着两座对比鲜明的宫殿，百感交集。幽灵们脱下了黑色的斗篷，跪倒在国王面前，恳求国王别再让他们去毁灭那些美丽的花朵。

"紫罗兰精灵让我们知道了爱的力量，它比恐怖的力量要强大得多。请您留下这座可爱的宫殿吧！"幽灵们齐声说。

冰霜国王犹豫良久，终于将紫罗兰精灵送给他的花朵王冠戴在头上。

这时，辽阔的绿色大地上鲜花一片，夏日的微风里也浸着香气。

国王被欢乐的小精灵们簇拥着，冰霜城堡也在明媚的阳光下渐渐消融。

姹紫嫣红的花丛间升腾起和谐美妙的音乐，向花朵家族的同胞们送去欢欣鼓舞的喜讯。

挽救了花朵，精灵王国又恢复了往日的温馨和平静。

（二）伊娃的梦之旅

一天中午，玫瑰园出现了一个正在睡觉的小女孩儿。

小精灵们远远望着她，生怕自己的呼吸声将她吵醒。

"她一定是在梦中来到了精灵王国，快帮她盖上花瓣，别让露水打湿了她的衣裳。"精灵女王轻轻地说。

小精灵们慢慢拉动玫瑰花瓣，小女孩儿扭动了一下胖乎乎的身体，徐徐睁开眼睛。

看到自己变得和花朵一样大小，而且躺在一个陌生的地方，小女孩儿惊得张开了嘴巴。

"欢迎来到精灵王国，小公主，你可以叫我精灵女王。"女王微笑着。

"女王您好，我是伊娃。我做了一个梦，现在我看到的全是刚刚梦中的景象，真是太美了！可是我都四岁了，为什么会变得这么小呀？"小女孩儿的声音像蜜糖一样甜蜜。

"别担心，我的小客人，来到精灵王国的人都会变小，只有这样，才能尽情体验这里的一切。等你回家时，自然就会变大了！我会让小精灵们陪你一起游玩，希望你能喜欢这儿！"女王柔声说。

"谢谢您，美丽的女王！"伊娃谢过女王，跟着水蜜桃精灵去一间小屋子吃午饭。

透过窗户，她看到花园里有两个身着不同颜色服装的小精灵，手里握着小小的花杖。

"她们是精灵王国的小园丁，很辛苦。可是这些，一般人是看不见的，只有像你这样纯洁的眼睛才能看见。"水蜜桃精灵解释说。

"怪不得花会开得那么漂亮呢，我以后再也不随手折花了。我还要告诉其他小朋友，让他们爱护花草树木。"伊娃说。

让伊娃更感兴趣的是，精灵王国的小精灵们每天还要上课。

在一丛丛鲜花上，她们正在花朵书本里学习应该掌握的知识和本领。小精灵们有的在阅读怎样观察嫩芽和看护种子的文章，有的在学习如何医治受伤的昆虫，有的在背诵能帮助人类进入美好梦境的魔力耳语，有的在学习人类的语言，还有的在学习算术、地理。

"我们要去做一件很有意义的事，和我们一起去吧！"雏菊花精灵对伊娃说。

精灵王国的大门前，许多小精灵正整装待发。

伊娃藏进一个小精灵的斗篷里，飞向天空。

一些小精灵飞到山间的村舍，一些小精灵飞到渔民中间，还有一些小精灵飞向大都市。

伊娃非常想知道她们要去做什么。

不过，她很快就明白了，小精灵们飞到不幸的人家，给病人和老人送去愉快，给孩子们送去了爱与梦想，给弱者送去勇气，给孤独者送去喜悦的心情。

她们远离幸福家园，不知疲倦地工作，就是为了给这些陌生人送去些许安慰。

完成任务以后，小精灵们又飞回自己的家园，虽然很累，却非常愉快。

伊娃越来越喜欢这些善良的小精灵了。

这天，精灵王国的上空传来一阵优美的音乐声，一队队小精灵穿上最漂亮的长衣向王宫赶去，要为伊娃举行欢送晚宴。

坐在女王身边的伊娃，觉得自己从未见过如此令人愉快的场面。

"亲爱的孩子，明天我们要送你回家了，否则，你的家人和朋友会非常担心。伊娃，在精灵王国你最喜爱什么，我可以送给你作礼物。"一曲终了，女王抚摸着伊娃的秀发。

"我爱她们。"伊娃和小精灵们紧紧拥抱在一起。

小精灵也舍不得让她离开，流下了眼泪。

"谢谢你们给我带来这么多欢乐，教会我这么多道理，这些永不消失的回忆是最好的礼物。如果可以，我还想要一种力量，一种让我和你们一样纯洁善良、关心他人的力量。"伊娃说。

"你会得到这种力量的，我们也会去梦境中看望你。如果你想念我们了，也可以来花园去看看那些花草，为她们唱歌，她们就会告诉你想知道的一切。你什么时候想来做客，就编一个四叶草花环，向空中挥舞一下，我们就会去接你。"女王抚摸着伊娃的额头。

伊娃慢慢睡着了。这次精灵王国的旅行，让她睡得更踏实、更幸福。

（三）小蓟花与小百合

在精灵王国，生活着一个威风漂亮的小蓟花精灵，穿着绣着金线的绿色背心。

可是，她并不受大家欢迎。她虽长得好看，但是非常自私。

而小蓟花精灵的朋友小百合精灵则不然，她善良、可爱、富有同情心，收养了许多被小蓟花精灵残害的小鸟和小虫，还为许多受伤的花朵治好病。

一天，小蓟花精灵对平静的生活感到厌烦了，要去外面的世界闯荡一番。

小百合精灵担心她遇到麻烦，便陪着她一起上路了。

她们肩并肩，飞过山丘和溪谷，一路追逐着美丽的蝴蝶和蜜蜂，来到了一个花园。

"我们歇会吧。"小蓟花精灵喊道。

花朵伸出叶片供她们休息，渗出甘甜的汁液让她们

解渴。

"亲爱的小蓟花，别再伤害她们了，你看她们对我们多好。"小百合精灵说。

小蓟花精灵像没听见一样，自顾自地玩儿去了。小百合精灵坐在花瓣中间，累得睡着了。

小蓟花精灵在花园里游荡，抢走了蜜蜂刚刚采来的蜜糖；使劲儿摇晃小花，将她们收集到的露水占为己有；追逐那些闪闪发光的小飞虫，用尖刺伤害她们；撞破亮晶晶的蛛网。

没过一会儿，她所到之处，便一片狼藉了。

搞了这么多恶作剧，小蓟花精灵也有些累了，坐在美丽的玫瑰树下休息。

"你怎么还不开花呀，小不点，都快成老太婆了！"小蓟花精灵懒洋洋地躺在树荫下，对树上一个娇弱的小蓓蕾说。

"我的蓓蕾不够强壮，还不能开放，要是她现在就开花，阳光和雨水会让她娇嫩的身体变形的。"玫瑰树解释道。

"白痴，我要让你瞧瞧怎么才能让她更快地开放！"小蓟花精灵粗鲁地掰开还合在一起的花瓣，根本不理会玫瑰树的苦苦哀求。

"她还那么小，你怎么忍心伤害这么脆弱的生命呢？"玫瑰树将目光投向小蓓蕾垂下的叶片，眼睁睁看着她在阳光下枯萎。

而小蓟花精灵对自己的行为全不在意，拍拍翅膀飞走了。

天色暗了下来，大滴的雨点落下。

小蓟花精灵赶紧飞向马蹄莲花，想借她的花瓣避雨。

"我的许多姐妹都被你残害，你太坏了，不能让你进来。"马蹄莲花合拢起花瓣。

小蓟花精灵很生气，转身去蔷薇花丛寻找避雨的地方。

蔷薇们竖起尖尖的刺，叫她快些走开。

小蓟花精灵本想给她们点儿颜色看看，可是雨点落得更急了，因此只得匆匆离去。

"郁金香会让我进去的，我曾对她们说过不少漂亮话。"她一边飞一边嘟囔。

"你是个坏蛋，只会伤害我们！"郁金香花喊声一片。

"看来只好去找小海棠了。"小蓟花精灵哆哆嗦嗦地想。

小蓟花精灵使劲儿煽动沉重的翅膀，向海棠花飞去。

"看你干的那些好事，别让我们再看见你，更别指望我们给你提供方便！"海棠花立刻合拢花瓣。

"一个朋友也没有，看来这回非冻死不可了。唉，可惜当初没听小百合的话！"小蓟花精灵打着寒战。

"到我这儿来吧。"是玫瑰树发出的声音，她的叶片已经由于悲伤而变得苍白。

羞愧的小蓟花精灵吃惊地望着玫瑰树，然后将疲惫的头紧紧靠在这个被她伤害过的胸膛上。

可是她没有得到一刻安宁，花朵们一直在议论着她做的那些坏事。大家不明白，玫瑰树为什么会包容这个作恶多端的坏精灵。

"我绝不会原谅一个夺走我孩子的人！"风信子说。

"玫瑰树是最好的老师，她一直教导我们要学会宽恕。"小木樨草说。

夜晚，万籁俱静，只有雨点的嘀嗒声和玫瑰树的轻叹声。

清晨，太阳公公又露出了笑脸。

小蓟花精灵为自己的过错而感到无地自容，悄悄地走了。小百合精灵尽力安慰着那些受伤的花朵们。

看到所有受伤的小家伙又变得美丽和健壮，她又开始了寻找小蓟花精灵的旅程。

小蓟花精灵翻山越岭，对途中遇到的所有小生灵都和善多了。

到了晚上，她无处可去。这时，飞来了一只满载蜜糖、匆匆赶路的小蜜蜂。

"请帮我把这些蜜糖运回家，今晚就和我们住在一起吧。"小蜜蜂友好地说道。

小蓟花愉快地答应了。

接下来的日子，蜂王同意小蓟花精灵留下来，和其他小蜜蜂一起采蜜。

最初几天，小蓟花精灵觉得这简直是最美好的日子，可是很快就厌倦了，又开始向往那种肆无忌惮的生活。

当别人工作时，小蓟花精灵不是睡懒觉就是玩游戏。为了尽快完成任务，她又开始伤害许多花朵。她还每天给工蜂们讲自己编造的冒险故事，搅得她们头脑发热，不再听从蜂王的指挥。

蜂王忍了很久，见小蓟花精灵仍不改悔，只好把她赶出蜂房。

小蓟花精灵很恼火，决定报复蜂王。

于是，她找来一些懒惰的工蜂，鼓动她们去偷盗越冬储备，还将蜂房彻底捣毁。

由于担心蜜蜂们报复，小蓟花精灵匆匆逃走了。在经过很长时间的流浪后，她来到了一片大森林。

因为善于讲故事，小蓟花精灵很快拥有了很多新伙伴。一段时间里，她生活得十分惬意。

但她很快厌倦了，开始粗暴地对待新朋友。

森林里的小生灵们将小蓟花精灵视为恶魔，只要一看到她，就立刻躲藏起来。

小蓟花精灵觉得无聊，又从森林里飞走了。

这一次，她没飞多远就累了，躺在草地上睡去，醒来时发现自己的手和翅膀都被绑住，身边站着两个长相怪异的看守。

"老实点儿，你已经被棕仙控制，要为从前做的那些坏事付出代价！"一个看守说道。

这时，一群棕仙从天而降。

"你做了太多的坏事，伤害了太多的快乐心灵。既然你到了我的国土上，我就要惩罚你，让你真心悔过。等你学会了善良和给予，我会还你自由的。"棕仙首领对小蓟花精灵说。

棕仙把小蓟花精灵带到一块高高的黑色岩石上，打开一扇小门，把她推了进去。

一道光线透过石缝，让牢房里有了一些光亮。小蓟花精灵孤零零地度过了很多日子。

她盯着那条窄窄的石缝，向往着外面五彩缤纷的世界。每天只有一个沉默不语的棕仙为她送来食物和水。

一旦想起小百合精灵，小蓟花精灵就立刻泪流满面，并为自己的冷酷和自私懊悔不已。

一天，她突然发现一棵小小的葡萄藤从牢房的石墙后面悄悄探出头来，好像是想给她带来快乐。她欢喜地迎接这位"贵客"，每天用自己不多的饮水浇灌小葡萄藤柔嫩的叶片，让她在阴暗的牢房里快快生长。

守卫看在眼里，便给她送来一些鲜花。

就这样，小蓟花精灵终于在孤独中变得善良、无私和快乐了。

这时，小百合精灵正在四处寻找她的朋友。她沿途搭救垂死的小花，医治受伤的小鸟，帮助悲痛的蜂王修好毁坏的蜂房。

小百合精灵终于来到囚禁小蓟花精灵的大森林。她四处打听，虽然这里的小动物们都愿意帮助她，但并不知道小蓟花精灵身在何处。

一阵清风吹过来，他告诉小百合精灵，曾在一块长满青苔的石头下面听到小精灵的歌声。

于是，小百合精灵立刻去寻找。她找遍了整座森林，终于在一条小溪边听到了小蓟花精灵悲伤的歌声。

小百合精灵喜出望外，循声飞去，在一串葡萄藤下的石缝里看见了小蓟花精灵。

接下来的日子，小百合精灵就在葡萄藤下住了下来，希望能给小蓟花精灵带来一些欢乐。

阴暗的牢房忽然变得比外面的世界还要可爱，一天天过去，小蓟花精灵的性情变得越来越善良。突然有一天，小百合精灵不见了。小蓟花精灵盼了好久，也没有见到她那张微笑的小脸蛋儿。

她苦苦哀求看守告诉自己，小百合精灵到底去哪儿了。

看守带她来到一片蕨丛。在蕨叶的影子下，开着一朵巨大的百合花，而小百合精灵就沉睡在上面。

"她被魔法催眠了，除非你能改掉身上的坏毛病，并把泥土精灵、空气精灵和水精灵的礼物带到这儿来，否则她将一直昏睡下去。"守卫告诉小蓟花精灵。

小蓟花精灵又开始了流浪生涯，但这次她是为了小百合精灵。

她历经千辛万苦，受尽侮辱和折磨，但都咬牙挺了过去。

她不但竭力去和那些曾被她伤害过的朋友和好，还变得越来越善良、真诚、友爱。

她终于完成了任务，带着拯救小百合精灵的礼物和小生灵们的祝福，长途跋涉回到蕨丛。

美丽的小百合精灵仍躺在丝绒般柔软的百合花上，小蓟花精灵抱起她连声呼唤。

"你所做的一切，我在梦中都看到了，谢谢你，小蓟花!"小百合精灵终于苏醒了。

"是我应该谢谢你才对。请原谅我以前做过的一切，谢谢你对我的包容，我们一起回家吧!"谢过棕仙，小蓟花精灵和小百合精灵一起向精灵王国飞去。

(四)魔力精灵花

小安妮孤零零地坐在一座大花园里。她好像很伤心，大滴的泪珠落到她身边的花朵上。

花朵仰起头，用枝叶安慰她，太阳公公也用和善的目光，在她的泪珠上照出一道小彩虹。

可是安妮没有注意这些，仍沉浸在悲伤之中。

"安妮!"一个微弱的声音在她耳边响起。

安妮看见一个小小的身影站在一片葡萄叶下，正冲她微笑。

"可爱的小家伙，你是谁呀?"安妮轻声问。

"我是栀子花精灵，告诉我你为什么哭，也许我能帮助你。"栀子花精灵说。

"我不开心是因为我不够乖，怎样才能变成有耐心、有礼貌的孩子呢？好心的栀子花精灵，你能教教我吗？"安妮又落下泪来。

栀子花精灵从怀里掏出一朵花，放在小安妮的胸口。

"这是朵魔力精灵花，除了你，谁也看不见。当你变得善良，或做了好事，这朵花就会开放得更美，释放出更多香气。但是如果你说了刻薄的话，或有了自私、愤怒的想法，这朵花也会发出低沉的警钟声。你一定会变成一个快乐的好孩子！"栀子花精灵鼓励道。

小安妮看着胸口的魔力精灵花，又惊又喜。

"明年春天，我还会再来。只要你按我的话做，这朵魔力精灵花就永远不会枯萎。"栀子花精灵吻了一下安妮的脸颊，飞走了。

最初一段时间，安妮很开心，时刻留意魔力精灵花的警钟声，并通过做好事让花香更加浓郁。

可没坚持多久，她又回到了从前，变得任性、不开心。

魔力精灵花渐渐失去了光泽，警钟常常响起。

最后，安妮甚至对魔力精灵花的警钟声感到厌烦起来。

可是魔力精灵花固守着，发出更响的警钟声。

安妮选择了不再理会这朵花，性情变得一天比一天不开心、不满意、不友好。

她真希望下一个春天快点儿到来，将这朵吵闹的魔力精灵花还回去。

安妮决定主动去找栀子花精灵。

她穿过田野和麦田，爬过山冈，趟过河流，可谁都不知道栀子花精灵的下落。

傍晚，她来到大森林，觉得很累，吃了些身边红彤彤的野草莓，便躺在花丛中睡着了。

小安妮不知道，在这漫漫长夜，栀子花精灵一直守护着她，为她送去一个奇异的梦。

在梦里，小安妮坐在花园里，像往常一样，心情很不痛快，说着一些抱怨的话。

魔力精灵花连连发出警钟声，可她毫不理会。

"小安妮，看看你的这些念头多糟糕，它们会变成可怕的怪物。"一个低沉的声音说道。

安妮惊恐地发现，她刚刚说的那些抱怨话变成了一片模糊、丑陋的幽灵。

安妮仔细一看，那些面孔扭曲、两眼喷火的幽灵是"愤怒"，那些把下巴翘得老高、不屑于理睬任何人的幽灵是"傲慢"，那些被眼泪浸泡得皱皱巴巴的幽灵是"自卑"。幽灵越来越多，不断从安妮的体内钻出，把她团团围住。安妮

束手无策，只能眼睁睁地看着它们越长越大，越变越灰暗，越来越丑陋。

它们投下的阴影向四面八方伸去，遮住了阳光，压扁了花朵，将所有光明可爱的事物都挤到了角落里。

接着安妮又看到，一堵大墙慢慢升起，似乎要将她喜爱的一切都隔到墙外。

她吓得一动不动、瞠目结舌，呆呆地坐在那里，心惊胆战地望着那些飘舞在她头顶的幽灵。

安妮再也忍不住，痛哭起来。

魔力精灵花用花瓣接住了她的泪珠，发出四射的光辉和阵阵的芬芳，将邪恶的幽灵赶到高墙的阴影之中。

"亲爱的魔力精灵花，谢谢你的帮助，我以后一定听你的话，请把我带出去吧。"安妮顿时有了勇气。

在魔力精灵花的帮助下，安妮在大墙下种上了很多花籽，并用希望浇灌她们。

终于，鲜花盛开，大墙破裂，幽灵消失，安妮感到无比

快乐，魔力精灵花紧紧贴在她的胸前。

"要记住这个梦，亲爱的孩子，让你的心灵永远闪光，让那些邪恶的幽灵永远消失！"低沉的声音再一次传来。

安妮醒了，露出甜甜的微笑，向自家的方向跑去。清风吹拂着绿叶，发出沙沙的响动，像是在为她祝福。

绿山墙农舍的安妮

　　爱德华王子岛上的安维利村庄，山环水绕，空气清新，居民们过着愉快舒适的生活。

　　六月的一天，热心的雷切尔·林德太太坐在窗前，一边注视着门前那条穿过山谷的大路，一边飞针走线地缝制被子。突然，她发现绿山墙农舍的马修·卡斯伯特穿着他最好的一套礼服，驾着马车，像是要去很远的地方。

　　平日里性格内向、难得出门的马修要去哪儿呢？林德太太准备立刻去找马修的妹妹玛瑞拉·卡斯伯特探个究竟。

　　"我们从新斯科舍孤儿院领养了一个男孩儿，他今晚要乘火车过来，马修去接他。"性格内向得近乎刻板的玛瑞拉平静地说。

当马修赶到火车站时，男孩儿乘坐的火车早已到站。

"斯潘塞太太只领着一个小女孩儿下了车。"站长指了指坐在月台木板上的一个红发小女孩儿。

"可我们领养的是男孩儿呀！"马修惊讶万分地望过去。

"您就是绿山墙农舍的马修·卡斯伯特先生吧，很高兴见到您！我叫安妮·雪莉！"小女孩儿的声音清澈可爱。

束手无策的马修笨拙地握着小女孩儿干瘦的小手，琢磨该怎么办。

直觉告诉他，不能把小女孩儿一个人扔在这儿，还是先把她带回家，等见到玛瑞拉再说。

"真是个樱花的世界呀。以前我就听说爱德华王子岛是世界上最美丽的地方，也曾幻想过在那里生活，没想到今天竟真的变成了现实，我简直太幸福了！"一路上，一草一木都让安妮激动不已，一张小嘴儿不停地说着，有时还会陷入沉思。

但此时，连生性木讷的马修自己都感到意外，他竟然觉得这个唠唠叨叨的小女孩儿还挺有意思，甚至有点儿喜欢上了这个满脸雀斑、思维活跃、充满幻想的小丫头。

他们到家时天已经完全黑了。马修把安妮从车上抱下来，由于担心玛瑞拉很可能不会接受这个孩子，所以竟产生了一种扼杀美好事物的负罪感。

"这是谁呀，那个男孩儿呢？"看到马修领着一个打扮怪异的小丫头回来，玛瑞拉惊诧地问。

"没有男孩儿，只有这个小女孩儿，叫安妮。"马修说。

"不是说好要领养个男孩儿吗？还托人捎了口信儿呢！"玛瑞拉不可思议地说。

"斯潘塞太太只领来这个孩子，我还向站长询问过，但没打听到什么，所以只好把她先领回来了！"马修说。

安妮脸上的兴奋逐渐消失，似乎渐渐明白了两人争吵的原因。她突然把手里的小提包扔到地上，紧攥着小拳头。

"就因为我不是男孩儿，你就不要我是吧！我该怎么办呀？"说完，她一下子坐到身边的椅子上，将脸埋进臂弯，趴在桌子上放声大哭起来。

晚饭过后，兄妹俩来到厨房。玛瑞拉开始皱着眉头清洗餐具。

"她说话挺有趣儿的，我们可以再雇一个男孩儿干活儿，让安妮和你做伴吧。"马修结结巴巴。

"我可不喜欢话多的孩子，赶紧送她回去！"玛瑞拉说。

"那就按你说的办吧。"马修站起来，叹了口气，回房睡觉去了。

安妮醒来时，太阳已经升得老高。她一翻身从床上爬起来，打开窗子，阳光洒进屋内。天空一片碧蓝，正值花期的樱桃树和苹果树开得正欢。安妮贪婪地欣赏着眼前的美景，丝毫没注意玛瑞拉已站在了自己身后。

"把被子叠上，下楼洗漱吃早餐！"玛瑞拉不知道怎么和小孩儿说话，口气有些僵硬。

"窗边的那种植物叫什么名字?"安妮问道。

"天竺葵。"玛瑞拉回答说。

"没问学名，我是问你给它起的名字。我喜欢给各种东西起名字，哪怕是一棵小草。这样，它们看起来就会像一个人。"安妮滔滔不绝。

早饭后，安妮主动要求洗盘子。

"你能洗好吗?"玛瑞拉怀疑地问。

"完全可以，我照看孩子更内行。要是有个小孩儿让我照看，你们就不会赶我走了。"安妮说。

"有你一个就够乱了，我可不想再要个孩子。"玛瑞拉回答道。

经过观察，玛瑞拉觉得安妮干活儿还算麻利。收拾完毕，她驾着马车，带着安妮出发去见斯潘塞太太。一路上，安妮打开了话匣子，问这问那。

玛瑞拉总是冷冷地回答。

"还有一段路呢，讲讲你的人生吧，从头说起。"玛瑞拉说。

"我出生在新斯科舍的波林布罗克，到今年三月份就十一岁了。我父亲叫沃尔特·雪莉，是当地的中学老师，母亲叫巴莎·雪莉。我刚三个月的时候，他们俩同时生病，没多久就相继去世了，是托马斯太太收留了我。八岁那年，哈蒙德太太就让我帮她照看八个孩子。后来哈蒙德先生去世了，家里养不起那么多人，我只好进了孤儿院。"安妮滔滔不绝地说了起来。

"你上过学吗？"玛瑞拉问。

"没正经上过，不过在孤儿院我一直在读书。"安妮说。

"托马斯太太和哈蒙德太太对你好吗？"玛瑞拉问道。

"她们都很善良，我知道她们也想尽量对我温柔些。但每家都有难事，托马斯太太有个酒鬼丈夫，日子肯定不好过。哈蒙德太太的孩子太多，日子更是糟糕透顶。我理解她们，她们其实也想对我好。"安妮很懂事。

听安妮说完，玛瑞拉没再接着问下去，心不在焉地驾着马车，一股怜悯之情油然而生。

"这个孩子孤苦伶仃，对家庭有着强烈的向往，却始终没有得到。难怪她听说将要有个家时那样高兴，但她还是要被送回去。可是，她的确是个不错的孩子，就是话太多了点儿，但这完全可以通过慢慢调教纠正过来，而且她的话似乎也没有什么失礼之处。"玛瑞拉心里很矛盾。

到了斯潘塞太太家，玛瑞拉才弄明白，原来是捎话人弄错了。

这时，布里埃特太太来借食谱。

"昨天你不是托我介绍一个女孩儿帮你做家务吗？安妮再合适不过了！"斯潘塞太太对布里埃特太太说。

玛瑞拉听说布里埃特对人粗暴。

"还是让我先把她领回去，和马修商量商量再做决定，您看行吗？"玛瑞拉慢条斯理地说。

安妮一阵狂喜，一头扑进玛瑞拉怀里。

"我决定收养安妮，虽然没养育过孩子，但会尽力让她有出息。"玛瑞拉挤着牛奶说。

"啊，你终于想通了!"马修非常高兴。

第二天，安妮得知了这个消息，喜极而泣，发誓要努力成为一个好孩子。

玛瑞拉则比以前更冷静、更严厉，还给安妮安排了各种活儿。她发现安妮听话、机灵、能干，对事物的理解能力极强，不过常常沉湎于幻想之中。

"我会在安维利找到朋友吗?"安妮问。

"黛安娜·巴里和你差不多大，等她串亲戚回来，也许能和你交上朋友。不过，你最好注意自己的言行举止，巴里太太是不会让黛安娜和举止粗俗的孩子交往的。"玛瑞拉说。

安妮眨着大眼睛，内心充满了对未来的无限憧憬。

林德太太对安妮这件事很好奇，重感冒刚有好转就来到绿山墙农舍。

"哎呀，怎么这么丑呀，骨瘦如柴，还有一脸雀斑，头发红得像胡萝卜！"一看到安妮，她就马上评论道。

安妮几步穿过厨房，来到林德太太面前，小脸气得通红，嘴唇直哆嗦，脚使劲儿跺着地板。

"我讨厌你，真没见过你这样粗俗无礼的女人！"她大喊。

玛瑞拉连忙过来阻止，可安妮依然昂着头，瞪着眼，紧握双拳。

"太不像话了！"林德太太目瞪口呆。

"安妮，进屋去！"玛瑞拉呵斥道。

安妮大哭起来，飞快地跑上二楼。

"安妮这样没礼貌，我肯定要教训她。刚才你确实说得有些过分了，那么挖苦她可不太好。"玛瑞拉说出了连自己都感到意外的话。

"你居然为她辩护？要是我的孩子不听话，桦树枝早派上用场了!"林德太太怒气冲冲地走了。

"一定要让安妮认识到自己的错误,要想出一个比打骂更有效的办法。"玛瑞拉想。

可想起林德太太刚才那惊呆的表情,她竟然有一种想放声大笑的感觉。

玛瑞拉和安妮谈了一次话,希望她到林德太太家去承认错误,但安妮宁愿被关禁闭也不让步。后来,经过马修的劝说,安妮才同意去道歉。一见到林德太太,她立刻换成了一副悔恨的表情。

"我确实做错了事,给善良的马修和玛瑞拉丢了脸。就因为您讲了几句真话,我就大发脾气,这实在太不应该了。求您无论如何也要宽恕我,不然我将会终生遗憾的!"她默默跪在林德太太面前,声音颤抖。

玛瑞拉惊讶又敏锐地发现,安妮正为刚才自己这段悔过之词而扬扬得意!

林德太太一点儿没看出来,心中的恼怒一扫而光。

去见黛安娜，是安妮到绿山墙农舍以来最期待的事，一路上紧张得要命。

黛安娜正坐在沙发里看书，见玛瑞拉她们进来，赶紧把书放下。她红扑扑的脸颊看上去非常漂亮，愉快的神态则很像她的父亲。

两个孩子一见如故，发誓要永远做朋友。

九月初，玛瑞拉把安妮送到安维利学校上学。

一天下午，老师正在辅导学生做题。基尔伯特·布莱斯想引起安妮的注意，但每次都失败，于是，隔着过道一把抓住安妮的辫子。

"胡萝卜，胡萝卜!"他用刺耳的声音叫道。

安妮一下子跳起来，拿起作画的石板照着他的脑袋狠狠打去。

后来，安妮被罚了站，但没有接受基尔伯特的道歉，并

决定永远都不原谅他。接下来的一段时间，安妮没再上学。

十月的一个周六，玛瑞拉要去参加聚会，并建议安妮请黛安娜来家里喝茶。

玛瑞拉一走，两个小家伙就在家里玩儿起了做客的游戏。玩儿累了，安妮想起玛瑞拉临走时说她们可以喝橱柜最底层的木萄露，便马上去找。最底层没有找到，结果她在橱柜的最上一层找到了。

"黛安娜，多喝点儿，不必客气。"安妮礼貌地说。

黛安娜倒了满满一杯，优雅地喝着。她们万万没有想到，刚才喝的是葡萄酒。玛瑞拉忘记之前已经把木萄露放进了地下室。

黛安娜喝醉了，巴里太太认为安妮是坏孩子，不允许她们再在一起玩儿。安妮伤心极了，哭得像个泪人。玛瑞拉又好笑又心疼，决定去找巴里太太解释。可回来时，她的表情和临走前简直判若两人。

"跟巴里太太说是我弄错了，不怪你，可她不信，还把我酿制的葡萄酒贬斥了一番，真是的!"玛瑞拉愤愤不平。

安妮决定自己去找巴里太太，请求她宽恕。

"黛安娜不适合和你这样的孩子交往，以后你最好学老实一点儿!"巴里太太"砰"地关上了门。

"巴里太太很没教养，对我非常无礼，上帝都拿她没办法。"安妮回来绝望地对玛瑞拉说。

"安妮，别那样说。"玛瑞拉强忍住笑，严肃地责备道。

临睡前，玛瑞拉上楼看了看，发现安妮是哭着睡着的。

为了能见到黛安娜，安妮决定回学校去上学。她的归来受到同学们异乎寻常的欢迎，因为平时出去玩儿，少了安妮的想象力，大家觉得一点儿也没有兴致。

最让安妮高兴的是收到了黛安娜亲手制作的书签和一张小纸条。从这以后，两个孩子便通过纸条谈天说地。

出乎玛瑞拉的意料，安妮变成了一个学习狂，成绩蒸蒸日上。

对于安妮来说，无论怎样也忘不了当初基尔伯特带给她的屈辱，所以决心在学习上胜过他。学期结束，安妮和基尔伯特都顺利升入五年级。

一天晚上，玛瑞拉被林德太太拉去听总理演讲，家里只剩马修和安妮。

安妮正在做作业，黛安娜脸色铁青地闯进来。

"安妮，求求你，快跟我走一趟！我妹妹米尼得了假膜性喉炎，我父母都去城里了！"黛安娜哭着说。

马修急忙抓起帽子和大衣，出去准备马车。

"要真的是假膜性喉炎，那就看我的吧。哈蒙德太太家的孩子，都是我照看的。你稍等，我去拿土根制剂。我们走吧！"安妮镇定地说。

三岁的米尼横卧在床上，浑身烧得滚烫。安妮一进门就忙活起来。

米尼安全地度过了危险期。马修把医生请来时已是凌晨三点。医生点点头，目不转睛地望着安妮。

"那个红头发小姑娘真不一般，多亏了她，要是等我来抢救就晚了！"医生对巴里夫妇说。

巴里太太希望安妮能够原谅她，还让她和黛安娜重新成为好朋友。黛安娜生日那天，安妮被邀请住在她家，并一起去听音乐会。

两个孩子回到家时已经是夜里十一点多了，蹑手蹑脚地洗漱完毕，走进客房，没开灯就直接跳上床。突然，床上传来一声尖叫，有个东西在她们身下挣扎着。两人吓得一溜烟跑出客房。

"一定是约瑟芬祖母，就是我父亲的姑妈，一个厉害的老太太。她说要来我家住几天，没想到来得这么快。"黛安娜对安妮说。

安妮听说约瑟芬祖母因为昨晚的事大发雷霆，将不再支付黛安娜上音乐课的费用。所以，安妮决定当面给约瑟芬祖母道歉。

"昨晚让您受惊了，这都怪我，黛安娜是个有礼貌的好孩子，她是无辜的。"见到约瑟芬祖母，安妮战战兢兢地说。

"你跳上床的时候，她想都不想就跳了上来，太粗鲁了。"约瑟芬祖母说。

"我这个孤儿，以前从没睡过客房，您能想象那是一种怎样的心情吗？"安妮继续说。

约瑟芬祖母突然笑出声来，门外的黛安娜松了一口气。

圣诞节快到了，老师提议举办一场音乐会。马修全力支持，还暗中托人给安妮做了一件她期盼已久的红色缎面裙子。当晚，安妮又收到了约瑟芬祖母送来的一双饰有串珠、缎带蝴蝶结的小山羊皮鞋。音乐会大获成功，其中安妮的表演最出色。

"真没想到我们的安妮演得那么精彩。"马修自豪地说。

"我也为安妮感到自豪！"玛瑞拉深有同感。

"将来一定要送她去深造。"马修随声附和。

"安妮理解能力很强，要是送她上奎因学院，在学习上准能拔尖。"玛瑞拉若有所思。

黄昏时分，在农舍的厨房里，暖炉烧得很旺。

玛瑞拉把编织活儿放到膝盖上，靠向椅背。

安妮蜷曲在暖炉前的小坐垫上，出神地看着炉火。玛瑞拉温柔地看着安妮。

玛瑞拉心里暗暗地宠爱着安妮，但是安妮并不清楚，时常为玛瑞拉不能理解自己而感到苦恼。然而，在闪过这些念头后，她又会想起玛瑞拉对自己的恩情，心里暗暗责备自己不该有这种想法。

"斯蒂希老师准备组织一个特别班，让计划参加奎因学院考试的同学放学后进行一个小时的补习。你想考入奎因学院，然后做一名教师吗？"玛瑞拉问安妮。

"那是我人生的最大梦想！半年前第一次听说奎因学院升学考试的事，我就开始考虑这个问题了。不过，这需要很多钱，对吗？"安妮忽闪着一对大眼睛问。

"这你不必担心，当初领养你时，我和哥哥就商量好了，尽可能让你接受良好的教育。只要我和马修在，绿山墙农舍就是你的家。"玛瑞拉说。

"为了玛瑞拉、马修，我会拼命努力学习的。"安妮非常感激。

有一段时间，玛瑞拉没来参加村里的聚会。林德太太有些担心，就来绿山墙农舍探望。

"马修的心脏病犯了。"玛瑞拉和林德太太聊着家常。

安妮过来给客人倒茶，还烤了一些小面包。

"三年这么快过去了，安妮成了大姑娘，变漂亮了不说，也能做你的帮手了。"林德太太说。

"是呀，从前一直以为，她毛手毛脚的毛病会改不了呢。现在看来，她不但改了毛病，并且做什么都让我挺放心的。"玛瑞拉一脸欣慰。

同学们都在紧张复习，因为有了竞争的刺激，大家的学习成绩都突飞猛进。

安妮的个子长得飞快，这使玛瑞拉产生了一种莫名其妙的失落感。她喜欢的那个小女孩儿不知不觉地消失了，取而代之的是一个头脑聪颖的少女，心里总有一种说不出来的孤独感。一天夜里，安妮去参加聚会，玛瑞拉独自坐在房中，泪水簌簌地流下来。这时马修走进来，看到这种情景，惊慌地盯着玛瑞拉发愣，弄得玛瑞拉破涕为笑。

"我在想安妮的事呢，一想到明年她就不在这里了，真有点儿舍不得。"玛瑞拉解释道。

"她会经常回来的。"马修安慰她说。

经过紧张的考试，发榜的日子终于到了。安妮考上了奎因学院，而且和基尔伯特是并列第一名。

看着安妮优雅的举止，玛瑞拉不禁回忆起第一次见到安妮时的情形，不由得流下了眼泪。

"我一有时间就会回来看望你和马修，我要让你们在绿山墙农舍永远幸福地生活下去。"安妮一头扑到玛瑞拉的怀里，把脸紧紧贴在她那张饱经风霜的脸上，并把手搭在马修的肩上。

在奎因学院，安妮和基尔伯特都选修了两年制课程。

如果顺利的话，一年就可以学完全部课程，并取得一级教师资格证书。

和同学们聊天，安妮又有了更高的目标：获得埃布里奖学金，升入雷德蒙德大学文学系。

经过实力的较量，最终，安妮和基尔伯特又双双拿到了埃布里奖学金！

毕业典礼上，安妮身穿淡绿色裙子，在台上高声朗诵一篇优美的散文，台下人都在低声称赞她的天赋。

"把安妮收养在咱们家，做得太对了，玛瑞拉。"马修小声说。

"我不止一次这么想了。"玛瑞拉笑着说。

绿山墙农舍的苹果花开了，安妮回到自己的房间，幸福地深吸了一口气。听黛安娜说，为了减轻家里负担，基尔伯特选择先留在安维利学校教书挣学费，暂时不去雷德蒙德。安妮突然产生一种莫名的失落感。第二天早饭时，安妮觉得马修和玛瑞拉看上去有些疲倦。

"马修的心脏一直不太好，我头痛得厉害，最近眼睛也经常疼。咱家的钱一分不剩全存在亚比银行了，听说最近情况不大好，我觉得应该马上取出来，但马修说再等等。昨天，我碰到了赛尔先生，他说银行是有信誉的，没事儿。"玛瑞拉说。

可他们等来的却是最坏的消息。

看到报纸上亚比银行破产的消息，马修心脏病突发去世了。他的生前好友和邻居们都来慰问，人们进进出出，忙前忙后。

夜幕降临，古老的农舍逐渐安静下来。由于一整天的极度紧张和操劳，安妮不知不觉睡着了。半夜，安妮从梦中惊醒，马修的笑容又浮现在她眼前，悲痛欲绝地大哭起来。

"你是个好孩子，快别哭了。再怎么哭，马修也回不来

了。"接近崩溃的玛瑞拉轻轻走进来，抱住安妮。

"哭出来觉得好受多了，陪我待一会儿，就这样搂着我。"安妮抽泣道。

"安妮，我也同样需要你呀，如果这段时间你不回来，我真不知道该怎么办。也许你觉得我平时太严厉了，好像没有马修那样爱你，其实并不是这样。安妮，我是爱你的，就像爱自己的亲骨肉。"玛瑞拉搂着安妮说道。

一天，两人提到基尔伯特。

"我和他的父亲曾经很要好。"玛瑞拉说。

"后来怎么样了？"安妮立刻来了兴趣。

"后来我们吵架了，从那以后他就再没来找过我。"玛瑞拉说。

"这么说，你也曾有过罗曼史呀。"安妮轻轻地说。

第二天，玛瑞拉从眼科医生那里看病回来，一副无精打采的样子。安妮感到有些不安。

"医生说，我应该停止做累眼睛的事情，也不能哭，否则六个月后就什么也看不见了。安妮，你说该怎么办呢?"
玛瑞拉显得十分焦急。

"别这样想，医生不是给了你希望嘛。只要你多注意，
就不会失明的。要是你再戴上眼镜，头痛病也会好起来。"
她断断续续地说。

吃完晚饭，她劝玛瑞拉早些休息，然后一个人回到屋
里，静静地坐在窗边。毕业典礼的晚上，她也是坐在这
里，可和那时相比，情形却发生了重大的变化。安妮觉

得，当时的希望和喜悦好像已经是非常遥远的事情了。她暗下决心，一定要鼓起勇气，正视现实，坦然面对困难。

几天后的一个下午，玛瑞拉在院子里同一个陌生人交谈，然后缓缓回到屋里。原来，她打算在安妮上学后，卖掉绿山墙农舍，另外找一间小房居住。

"我不去上大学了，你抚养了我这么多年，我不会丢下你一个人不管的。我都计划好了，巴里先生明年要租种咱家农场。另外，我决定到卡摩迪的学校去任教，绝不会让你感到无聊和寂寞的。"安妮断然地说。

"安妮呀，你这么做全是为了我吧。可是，我不同意你这么做，继续深造不是你的梦想吗？"玛瑞拉问。

"在家读函授课程，也能继续深造。绿山墙农舍绝对不能卖掉！"安妮说。

"安妮，你真是个了不起的孩子！"玛瑞拉最终被说服了。

听林德太太说，当听到安妮要申请安维利学校教师岗位的消息后，基尔伯特马上撤回了自己的申请，决定去白沙

镇教书。但是在那里，他领不到食宿费，而且还要积攒自己上大学的学费。

"我不能让基尔伯特为我做出这么大的牺牲。"安妮说。

"基尔伯特已经和白沙镇的理事会签署了协议，你现在提出辞职没有意义。"林德太太说。

第二天下午，安妮来到马修墓前，为苏格兰玫瑰浇上了水。

安妮从墓地回家时，太阳已经落山，余晖把安维利染得如梦幻王国一般。

半路上，安妮遇见了基尔伯特。基尔伯特彬彬有礼地摘下帽子，来到安妮身边，伸出手。

"基尔伯特，谢谢你为我做出的牺牲，我真不知道该说什么才好……"安妮的脸涨得通红。

"安妮，谈不上什么牺牲和感谢，为了你，我甘愿做任何事。过去的事，你能原谅我吗？"基尔伯特一把握住安妮的手。

"我已经不在意以前那件事了。"安妮说。

"那以后我们就好好相处吧，安妮！"基尔伯特心花怒放。

两人一路聊着回家。玛瑞拉看到他们一起回来，欣慰地笑了。

这天晚上，安妮久久地坐在窗前，浮想联翩。鸟儿在樱花树梢轻轻地啼叫，空气中弥漫着薄荷的味道。

枫树枝头，星星眨着眼睛。透过林间空隙，黛安娜房间的灯光依稀可见。

安妮觉得，尽管自己前面的道路变窄了，出现了曲折，但照样长满了鲜花，充满了无限欢乐和幸福。努力学习、勤奋工作会使人感到充实，拥有志同道合的伙伴会使人感到喜悦，胸怀大志会使人奋发上进。而这些，安妮一一具备。她丰富的想象力，以及内心所构建的梦幻是谁也夺不去的。

"世上的一切都将是美好的！"安妮微笑着低声说道。